Der Autor

Andreas Köllner (*1992 in Leipzig):
Studium der Philosophie sowie Deutscher Sprache u.
Literatur; Lyrik mit Grafik im Netz unter *wortegewand*;
Veröffentl. in Anthologien, Kalendern u. Zeitschriften.

Andreas Köllner

saitenwechsel

Gedichte

Mit Zeichnungen
vom Autor

 tredition

© 2022 Andreas Köllner

Titelbild: Franziska Bandur

ISBN Softcover: 978-3-347-55816-8
ISBN Hardcover: 978-3-347-55817-5
ISBN E-Book: 978-3-347-55818-2

Druck und Distribution im Auftrag des Autors:
tredition GmbH, Halenreie 40-44, 22359 Hamburg, Germany

Und jedes ist zu neuen Wundern Welle,
Und fast schon nahe jenem letzten Strand,
Doch Weg ist alles: keines ist die Schwelle.

Stefan Zweig, *Die Frage*

was bleibt uns anderes übrig

als das, was wir uns

zu wünschen übrig lassen

Was ist dein Schriftstellersein

Was ist dein Schriftstellersein
andres als es ehrlich zu meinen
mit sich und dem Selbst
wenn du es verlässt
und du außer dir bist
aber doch mittendrin
und ein bisschen daneben;
stehst mit einem Bein
nicht immer ganz mehr im Leben
und gehst sogar auch
mal daran vorbei –
doch gehst du in dich
Was verwundert es? – sprich:
Du stehst ja mit dir
auf einem ganz andren Papier.

Unausgesprochen

Aus dem Schweigen

wächst das Wort –

ungebrochen loht

hinein in deine Stille

die Gedankenfülle

von einem einzgen Wort,

das, ausgesprochen, droht

lautlos daran zu zerbrechen;

sodass du es nur

sprechen lässt im Schreiben.

Rosenworte

An R.A.

Du legst

Rosenworte
in meinen
Mund

lippenschweigend

öffnet sich
die Blüte

Zeitnahme

Greife
in den Tag:

zartadrig
fließt die Zeit
zurück
zum Pulsschlag

Nimm
die Zeiger
vom Zifferblatt
der Uhr
Nimm dir die Zeit

du brauchst sie
nicht länger

Lass
in die Zeit
den Nachklang
des Stillstands

Bruchstücke

Verstandesraubend drückt
die Nachmittagshitze des August
ihre blaue Stirn
auf die Baumkronen der Kastanien;

zwischen Gedichtzeilen von Celan
verwachsen Tagtraumbilder
gedankennah in deinem Lidschlag:

Was bleibt uns anderes übrig
als das, was wir uns
zu wünschen übrig lassen

Hoffnungswellen

Hoffnungswellen
tragen das Herz von
Raum zu Raum,

Funkenschimmer.

Jedes Mal
ein andrer Ton.

Handschriftenlesung

zeilenverzerrt, zitternd

in die Worthülle

buchstabiert

versinkt die

Lebenslinie

verlaufend an den

Rändern, außen

im Verborgenen

geboren

ausgeschrieben

mit einer

Handschrift

Wann nur

wurde sie so

unleserlich

Atempause

Halte
die Luft an, die
Zeit

fest, wie sie nie
war, vorher; die

Erinnerung
braucht
einen langen Atem

Tagtraumerwachen

uferlos

schien mir der

Fluss als die Strömung

meine Blicke

brach

und die Sonne sich zitternd

über das Wasser

beugte

du siehst das

Himmelblau verschwommen

nur dein Spiegelbild

verzerrt vom Tag

und weißt auf einmal

er bildet zwar nicht

ab doch er stellt

dar

Redefluss

Wir wechseln Worte

und tauschen

unsere Blicke wie

Gedanken aus

bis wir

für das Gelb der Mirabellen

keine Worte mehr finden

und uns schweigend

aussagen

Untermalung auf Zedernholz

Für F.

Zwischen Zigarrenrauch verweilt
der Abendhimmel sorglos blau
im Himbeerrot
zerschmelzen deine Lippen
mundlos lachend

erinnernd träumt der Garten –
cassis-schwarz fällt dein Haar
aschend
verbrennt die Zeit

Stimmband

malvenfarbenzart
stieg die Stimme
aus dem Blütenkelch
deines Mundes –

ich schnitt mir ein Wort ab:
Mitlaut, silbenlos
aufgesprochen

Wenn alle Stricke reißen

Wenn alle Stricke

reißen

spinne mir ein neues

Garn

aus deinem Haar

das uns umspannt

wie ein

Kokon

der erst im Sommer

aufbricht

wenn wir vergessen haben

wie Sehnsucht schmeckt

brandwund

Sieh die Sterne fallen / wie Ascheregen

verglüht, kaltflammend schlagen sie

Wurzeln in dein Wort,

das die Nacht verzehrt

Sieh

wie es im Flügelrot des Mauerläufers

aufsteigt,

aus den Zungen des Mohns

Blick / in die Weite

ohne mit der Wimper zu zucken

Abendsterben

Atemloser Nachmittag;
am fernen Horizont graut blau
die Nacht. In schattigem Geäst
erzittert müd ein welkes Blatt.

Im Nebel flimmert farbenlos
ein trunkner Tagetraum;
der Glockenschall verhallt –

das letzte Lied noch
ungesungen

Vergessensnah

Spätsommerwiesen.
So grün sind sie nicht
mehr gewesen seit
dem Abend Anfang August.

Nun fällt das Erstlaub
auf vergraute Stufen
und bedeckt sie
vergessensnah –

bilderblätternd
mit jedem Lidschlag.

Saitenwechsel

Dein Lachen – ein scharfer

Schnitt

zerteilt die Zeit

im Stundenglas Sekundenbruch

du fällst in mein

Wort, weich und

nachtwärts rinnend

– Herbstzeitlose

wie Wimpernschlag

veröffnest du dein

Blütenspiel

im

Saitenwechsel denk ich

Farbenbläue neu

Novembernebel II

Tageslicht
Ich öffne
das Fenster, um
den Novembernebel
hereinzulassen,

er legt sich
auf deinen
Blick

Filmriss

Zungen
des Schweigens
ein ungesprochenes
Wort
wenn

der Film reißt
abrupt – saalleer
sitzt du allein:
die Einsamkeit
hat viele

Gesichter, doch
keines davon
wollen wir im Spiegel
sehen, es könnte

unseres sein...
/ Rollenwechsel,
wenn das Licht
angeht

Eisblume

kalt-blühtig
gefriert das Blut in deinen
Adern
– Atemhauch, blauschimmernd

ungeahnt
zeigst du mir die
Schönheit
der Kälte

Tauwetter

Abends im Park
das Laternenlicht
flackert,
das Eis taut
und der Schnee tropft
von den Zweigen
auf meine geöffnete
Hand –

eine Erinnerung an
dein Lächeln:
Frühlingsanfang.

II

sich selbst

in geduld zu üben

schenkt dir wahres

lieben

Abschiedsblick

Am Abend, als die Sonne sank,
da glühten deine Augen;
sie glühten grün und träumten.

Ich fragte dich: Wann kann ich
dich wieder sehn?
Du sagtest nichts.

Die Nacht
macht meine Augen schwarz.
Dann träumen sie
von deinen, die
mir leise flüstern: *Jetzt.*

Aufgeblüht

Als du das Fenster
offengelassen hast
und ich
meine Augen schloss
spieltest du Schubert
zwischen den Junirosen
und vergessenen
Jasminblütenträumen

wortlos bricht
der Augenblick
die ahnungsvolle Stille
Unbewusstsein
sinkt ins Wissen
und aus den Noten wächst
ein offenes Wort
das meinen Brief an dich
unbeschrieben
schließen lässt

Schöner nicht

Schöner sind auch
die unfassbaren Dinge
als ihre Worte nur
und doch versuchen sie
dieselbe Saite
anzustimmen, doch kann
der Klang nicht
schöner sein

Widerworte

oder: Echo u. Narziss, sprachlos

Du wirfst mir

Worte

an den Kopf

und triffst

mein Herz

mit deinem

Schweigen

Denn wie Echo

wartete

auf die Worte

von Narziss

so warte ich

bis uns

die Worte fehlen

und werfe sie

schallumwunden

zurück

in das Wir

Zu Frieden

weniger: *krieg*en

mehr:
*erhalt*en

Querschläger

Im Zungenschlag ein
ungesagtes Schlagwort tragend

verschlägst du mir die Sprache
Lidschlag Herzschlag Pulsschlag

Uhrenschlag –
ausschlaggebend:

Noch gibt sich das Herz
nicht geschlagen

III

wohin gehen wir, nachdem
wir uns auf allen umwegen
verlaufen haben

In Erinnerungen

schweigen

Oktoberspaziergang

Der Herbst greift

nach den letzten Farben

des Jahres

und erreicht

die deinen – eine

der fast verblassten Fragen

unsrer Zeit, sie fällt

gelb verfärbt, langsam,

im Blatt vor meinen Füßen

nieder:

Linde... steht sie nicht

für Liebe –?

Narben an der Wand

Die Wahrheit ist
ein kleiner Raum,
den man mit Lügen
schmücken kann;
doch merke dir
der Schmuck zerbricht,
es bleibt zurück:
der Raum.

Predigt

in den kranken, den

verwundeten, den armen

ist Er bei uns

sagte sie und

sie hat recht.

dann wünschte sie uns

einen schönen abend und fuhr

an dem zerbrochenen fenster

der behindertenwerkstatt

vorbei – ich sah Ihn

winken

An Mutter I

geborgen
gewachsen
in deinen Händen

getragen
mit deinem
Herzen

Stillleben

Das Bild im Schlafzimmer
des Großvaters
der Bruder malte es
auf der Schulbank
die Farbe zog noch
in das Papier und er
in den Krieg –
stilles Leben
zwischen lauter
Fragen

Wieviele Bilder
der Krieg schon
schonungslos
von unseren Wänden
riss
bevor sie
gemalt werden konnten

Die Tapete wie
ein unbeschriebenes Blatt
– ahnungslos weiß

Flaschenpost

Hoffnung
ist wie Flaschenpost

zerbrechlich
aber fest
und scheinbar ziellos

trägt sie geduldig
das Wort zur Rettung

unversunken
bis an den Ort
der letzten Suche

und wurde dort
manchmal erst gefunden
als sie verlorenging

Anders

Im Apothekergarten hat alles

seinen Namen: zum Kennenlernen fremder

Pflanzen. Bechermalve gegen Magenkrämpfe;

lavatera trimestris.

Vor einer Woche bemerkte ich, wie

zwischen Ysopstängeln wilder

Lavendel wuchs; ohne zu fragen.

Heute früh wurde er entfernt –

man hat dir noch

Zeit gegeben, damit du deine Blätter

grüner färbst und nicht so stark duftest, dann

wärst du vielleicht weniger

aufgefallen

zugwiderstand

zug um zug

zogst du

an der zigarette

ziehst jetzt deine

schlüsse

den kopf

aus der schlinge

versuchst

das große los

zu ziehen

und nicht den kürzeren

doch

hast du dich schon

in betracht gezogen?

Seiltanzmusik

wie

Seiltanzmusik

springt die Nadel von dem

Plattenspieler

das Ende vom Lied

jetzt nicht die Balance

verlieren

und zusammenreißen

sonst reißt

der rote Faden

ab

du lässt dich

aus allen Wolken

fallen

und

tanzt

über dem Abgrund

Sieger

nicht

jeder gegen jeden

oder jeder für

sich

sondern

jeder

wie er ist

IV

doch steckt sinn
nicht auch schon im
sinnieren...?

Tauchgang

Suchst du auf ungewollte Fragen
die Antwort, die du willst,
dann gilts (und sollte gelten)
niemals aus dem Magen
– oder Bauch –
zu erfahren, was du auch
immer magst verdauen
(oder kannst vertragen)
sondern
statt noch nach den Antworten
zu tauchen – oder fischen –
den Blick nach oben auch zu richten
und mit deinen eignen Augen schauen;

Dann erkennst du schlicht,
dass manche Frage
schon die Antwort ist –

Denn können alle deine Fragen
am Ende nicht
auch noch für dich
ein Fragezeichen übrig haben –?

Lange Weile

Wenn der Mensch nichts weiß
mit sich anzufangen,
dann ists meist
in den Momenten, wo ers muss
und nicht kann – gedanklich nämlich
schon am Schluss
verpasst den Anfang er (im Mittelteil
sehnt ers zurück) – dabei
gibts viel, was er sich denkt,
nur nicht von sich, das lenkt
zu sehr ab –

Und so beschränkten
die Menschen sich darauf,
etwas auszudenken,
undzwar die Schuld,
was sie hätten machen
müssen oder können
(doch nie schaffen)

/ Nunja, ist Langeweile
nicht auch nur eine
Form der Ungeduld...?

Aushalten

An Wilhelm Buschs "Der Einsame"

nagt keineswegs der Zeiten Zahne –

denn schön wär uns doch solch ein Leben,

wär man so allein nicht neben

sich – weil einsam

ist man trotzdem nicht:

Es bleibt ja auch das Ich mit Sich.

Die Zeit

Der Narr rennt ihr

hinterher, der Kluge

geht neben ihr,

das Genie ist ihr

voraus, doch der

Weise geht ihr

aus dem Weg

Herbstgang

Der Herbst lässt uns
zwar manchmal frieren,
doch niemals kalt;
mit Farben malt
er Lebensbilder und
stellt sie infrag –

Doch steckt Sinn
nicht auch schon im
Sinnieren...?

Was zählt

Was vermag ein Ziel zu zähmen,
das sich aus seinem Willen schälen
will (und kann)? Worauf käme
es dann an? – Denn:

Nicht zu wissen, was man will,
führt so manchen auch schon viel
schneller an ein fremdes Ziel
als ihm am Ende lieb ist.

Doch auch wers weiß, vergisst
allzu leicht nur, dass der Weg
vorher schon begann – und nicht
nur eine Wendung nahm / Gelegenheiten
gab es viele – und statt die Ziele
abzuzählen, die vor ihm
und dahinter waren
(oder auch noch auf ihn warten), quälen
manchen mehr noch die verfehlten –

Ach, bliebe

er doch einmal stehen! Dann müsst

auch er sich um- und einsehen:

Zählt man darauf (ohne sie zu zählen),

dass neue Wege auch entstehen,

wenn dem Willen Ziele fehlen,

wird der Weg plötzlich das Ziel –

und statt nur Wohin wir gehen

ist auch die Frage *Wie.*

Leistungs-Anspruch

Mit Leistung kannst du dir die Liebe
nie verdienen – doch bemühen
kannst du dich um sie, weil die
Frage bliebe, ob sich die meisten diese
denn auch leisten können,
bedingungslos – als Grundeinkommen.

Verkaufen kannst du dich dabei
nämlich nur schlecht,
da macht sie dir durch deine Rech-
nung einen Strich – denn Liebe lässt
nur Echt-Sein gelten.

Ja, Welten liegen oft dazwischen,
was einer denkt, machen zu müssen
und tatsächlich machen muss –

Doch was ist dann im Laufe
der Weisheit letzter Schluss?
Vielleicht, dass man am End erkennt,
dass mans doch viel rent-
abler fänd, wenn man sich selbst
statt zu verkaufen
lieber auch verschenkt.

In Leipzig nichts Neues

Du, sagmal – Ist sie das nicht? Die Kommode

(oder zumindest das Modell),

das die Großmutter nachts noch ins Hotel

brachte – von der uns Ringelnatz in "Leipzig",

dem Gedicht,

erzählte, und im Nebensatz nur kurz erwähnte

(als er vermutlich daran lehnte)

sie sei frühes Barock – und ja, wenn du

auch lachen mögest,

sogar im Schlafrock trug das Möbelstück persönlich

sie dorthin, um ihm zu seinem schönen Glück genötigt

zu verhelfen; das ist zwar schon vor über neunzig Jahr

gewesen, doch glaub mir, heute war

ich in der Stadt, nicht Dresden,

sondern Leipzig – unverkennbar!

Denn Leute sah ich, die – nicht weiter tragisch –

trugen, siebzigjährig,

Sekretäre, die der meisten Biedermeier, in die Häuser,

so als wäre

es nichts Neues (wenns auch alt ist) –

Ach, wer wäre denn ein Sachse,

der sich nicht sagen lasse (oder ließe),

ob ungefragt er Sorge trage

oder gar sein Herz gerade

noch verschenke – siehe, drum bedenke:

In Leipzig, ja, da gibt es viel zu sehen,

doch ist das Größte hier, neben

den schon von Ringelnatz erwähnten,

ganz zu Anfang kurz genannten

Bergen – ja, die nicht vorhandnen –

und dem Rathaus und all den Alleen,

nicht immer noch die

ungefragt dir zugetragne Liebe?

gekeltert

I

geklettert geschüttelt gesammelt gepackt

gefahren geruht gesessen gesagt

gegessen gedankt gesprochen gelacht

genachtet geschlafen geträumet: gewacht?

II

geöffnet getragen geschnitten gepresst

gewechselt geschöpft gesiebt gekostet

gekocht gewartet gespült getestet

gefüllt geschraubt geschlossen – geschafft!

Verblieben

Wir wollen
unvergessen bleiben
und vergessen dabei
noch uns selbst –

doch wie fest
du es auch hältst:
Bleibt dir nicht
am Ende nur
dein Schweigen?

Stillstand

Die Zeit läuft fern –
schon lange lauf ich
nicht mehr mit, denn
seitdem du nah bist
weiß mein Herz:
Zeit zählt nichts, wenn
ich zählen kann
auf dich

wenn dir
nichts mehr wichtig ist
wie wichtig wird dir dann
das nichts

Endbindung

Auf dem Weg
zum Horizont

wirst du dir plötzlich
fremd
in deiner Haut

und stirbst
dir selbst
/ blutlos

zwischen sichtlos
dichtem Nebel zwar

dem Leben nicht
doch seinem Sterben

und siehst
den Weg vom Horizont

wie ein Toter nun, der
neugeboren

Totentanz

In der Akzeptanz
irdischer Sterblichkeit
liegt eine seltsame
Ruhe:
man begegnet dem Leben
und dem Tod
mit ausgestreckten
Armen,
man reicht ihnen
die rechte
und die linke Hand
und tanzt.

Das letzte Blatt

Sanft sinkt
das letzte Blatt
vom blassen Baum
erlöst herab
und leise
mit Bedacht
auf fremden Boden
still hinab.

Keiner hier;
entmenschter Ort.
Niemand hört es.
Niemand sieht es.
Niemand weiß es.
Und doch ist es
das letzte Blatt.

Neujahrslicht

Das Jahr zeigt Gesicht –
dem Ende entgegen;
im Lächeln, da sprichts:
Kannst dus denn nicht
sehen – das Licht?
Wohin es dich trage?
Wer weiß das gewiss.
Doch was dich auch plage:
Denk dran, dass neue Jahre
werden entstehen
und immer wird vorblühn
die Frage:
Du Licht in der Nacht,
wird dein Funken verwehen
oder doch neu entfacht?

Zeitfracht Medien GmbH
Ferdinand-Jühlke-Straße 7
99095 Erfurt, Deutschland
produktsicherheit@kolibri360.de